今川乱魚

銭の音―
ユーモア川柳
乱魚句集

新葉館出版

序

お金は万能にあらず

関原　健夫

乱魚さんと私は「がん友」である。二年前突然「癌と闘う―ユーモア川柳乱魚句集」が届いた。著者謹呈の短冊に「新聞の記事を拝読、ご主張大賛成です」と記されていた。私が六回のがん闘病体験から得た教訓を寄稿した日経新聞記事「患者の目」への感想だった。

私はタイトルに「がん」がついた書籍は殆ど目を通してきたが、がん川柳句集は初めて見るものだった。がん患者の心に深く沁みる高見順の「死の淵より」は詩集だった。頁を繰るとがん患者の辛い心情をユーモアに詠った川柳ばかりで、一気に読み終えて安らぎを覚えた。乱魚さんは川柳を四回のがん闘病の支えにしてきたことが容易に解り、一度会ってみたいと思った。この思いが実現した。今回「銭の音」と題した「金」に纏わる句集を出版するので、お金をビジネスとしてきた元銀行員の私に序文を書いて欲しいと言って訪ねて来られたからだ。今も闘病中と伺ったが、その表情にはがん患者の片鱗は全くなく、穏やかな心豊かな姿に驚かされた。医学的にも笑いががん細胞を死滅させるナチュラルキラー細胞（ＮＫ細胞）を活性化させる効用があるとされているが、乱魚さんはその生き証人だと思った。私は新聞の「患者の目」で「大きな病や逆境に見舞われても、決して諦めず、希望を持って立ち向かうことの大切さ」を強調した。その希望とは外から与えられるものではなく、自己の内面から生まれてこそ本物だ。乱魚さんの生命を支え、生きる希望となった源は、川柳の持つ本物のユーモアだと確信した。

最近の流行語は「格差社会」、「勝ち組・負け組」だ。直近の朝日新聞世論調査によると「お金と人間の幸福は大いに関係ある」と答えた人は九十％、「お金と経済の知識が必要」と答えた人は八十六％とのこと、日本人の大半が「お金万能の世の中」と考えていると思うと恐ろしく、寂しい。日本人には「お金や地位・名声より心豊かな生活を好む」という精神的な伝統があったと思う。中野孝次の「清貧の思想」がベストセラーになったのは僅か五年前だ。それがこの数年で「お金が万能」に変わってしまい、ついにホリエモンのような「金儲けのためなら何をしても良い」という哲学を公認してしまった。

生死をかけたがん闘病を通して「お金は無ければ困るが、ほどほどで十分。人生の意味は燃焼のし方」を体得した乱魚さんの金に纏わる川柳は、日本人の金銭観の移り変わり、笑いの裏にある庶民の哀歓や人間の持つ美醜がユーモアに詠われ、読者は「お金は決して万能ではないこと」を実感できるはずだ。特に第四章「貧しき原風景」は乱魚さんの少年時代の世相を詠んだ川柳だ。貧しかったが家族の温もりや隣人愛が大切にされ、少しでも豊かになりたいと必死に働いた活力溢れた時代だった。乱魚さんの川柳を通してこの時代の情景に郷愁を覚える読者は私を含めても多いはずだ。この川柳句集が万人の心の支えになることを願っている。

平成十八年三月

元みずほ信託銀行副社長
現在、日本インベスター・ソリューション・アンド・テクノロジー株式会社代表取締役社長

銭の音―ユーモア川柳乱魚句集■目次

序――関原健夫　3
第一章　銭の音序曲　13
第二章　神仏とお金　25
第三章　お金の時空間　35
第四章　貧しき原風景　45
第五章　貸した金は返らない　57
第六章　借りた金は返さねば　65
第七章　金はなくてもともと　75
第八章　お金大好き　89
第九章　お上の金　99

第十章　金が金を生む　107
第十一章　小銭の意地　115
第十二章　金のバランス感覚　123
第十三章　愛にもお金　135
第十四章　人は寿命金は値打ち　145
第十五章　使えない金　155
第十六章　臆病な金　165
第十七章　金のあと味　175
第十八章　何でも入るがま口　187
索引　194
あとがきにかえて　204

装画・イラスト／西田　淑子

銭の音——ユーモア川柳乱魚句集

第一章　銭の音序曲

人間と並んで歩く銭の音

金の行くほうに答もついてくる

ア行に愛カ行に金の句を据える

ふところに説得されている面子

空耳にしてもうれしい銭の音

人の顔よりはやさしい金の顔

金なきを首なき如くののしられ

文学の向こうに長い飢餓がある

財布には見えない紐がついている

金の字のいつに変わらぬ鏡文字
一生を金には触れぬ職にいる
テーブルの下で楽しむ悪だくみ

銭恥じず心の縮むのを恥じる

ケチという哲学を聞くだけは聞く

新札の表も裏も記憶する

天下を論じ国家を論じ金が欲し
気ばたらきそれを貧乏性という
五欲には何れも金の後ろ盾

ゼロ金利持たざる者は強かった

金脈に指を銜えたことはない

婉曲に銭の話をする紳士

ふところを笑えばふところも笑う
強欲な財布を人の皮で編む
断固たる決意で金を突き返す

第二章　神仏とお金

二礼二拍手一礼小銭ありません

いれば神いなくても神お賽銭

欲と道連れは楽しい銭洗い

真っ先に祈るお金のいる願い
賽銭に百倍ほどの願をかけ
神棚も仏壇もない初任給

一寝入りしても貧乏神がいる

神様に釣りを貰ったことがない

しめしめしめしめ向こうから来る銭の神

神ひとり貧しい屋根を気にかけず

黙祷の間にバッグ盗まれる

内金で達磨の片目だけ開ける

のど仏逆さに撫でて墓値切る

銭がない弁天様と母の洒落

診察は五分お布施と割り切って

仏教伝来お布施をのちの世に伝え
拝観料払えば略すお賽銭
税金をかけると神も横を向き

第三章　お金の時空間

海ばかり見てても金はたまらない

金繰りに日の短さと日の長さ

ないようで少しはあった金の蔓

朝晩で倍も値打ちが違う金

二十四時間寝不足にする円とドル

預金少々頂くペラのカレンダー

タイムイズマネー　タイムはもて余し

老後うろうろいくばくか金持たされて

永久運動左うちわを夢に見る

前へ前へ銭の音には振り向かぬ

小銭の穴から吹き抜ける風の音

単身赴任してると虹も痩せてくる

あってなき如し零時を過ぎた金

銭を読むときにも使うトイレット

決算が済むと繰越金で飲み

指切りをしたバッカスに夜ごと会う

値を聞けば食べたくもない宇宙食

庭付き庭付きと日ごと呪文を唱えてる

入金の時刻をまめに聞いている

銭その他拾う命の曲がり角

給料を貰うと速くなる月日

第四章

貧しき原風景

いい貧乏させて貰った父と母

戦死公報母は明日の米に泣く

母に振り込まれた父のいのち代

教科書を塗っても父は戻らない

米の払いよりも月謝の茶封筒

手屏風の中で藷めし食った日よ

三畳に母子四人の息遣い

金のいる話大人の顔になり

女友達に見られた膝の継ぎ

弟よ泣くなベーゴマが笑う
鼻緒切れたら裸足で雪の通学路
越後出の婆働いて働いて

バラックはバラック大工値切っても

換気扇つければ走りそうな家

ある時大名と呼ばれた母の金遣い

十五から自前で保険掛けた自負
世に出ては貧しい過去もつぶやいて
ビフテキと叫ぶ貧しき習い性

本代に困って本を売りに行く

悪童は下駄先生は自転車で

ボロ傘にボロ靴怖いものはない

貧乏を丸だしにして祭り好き

すうどんと決めて八月十五日

半世紀過去はギーギーつるべ 井戸

第五章　貸した金は返らない

取れないと思い取れない金を貸し

金貸したあとにはうんもすんもなし

死んだふりしてても貸しは諦めぬ

おごられて取り損なった貸しがある

おしめりと言われて二度と貸さぬ金

噂では聞いたと金を借りに来る

人間に金貸す組と借りる組

貸しはくれたと思わねば気が晴れぬ

差別して片や競馬屋競輪屋

借金の弁清聴に値する
金貸したほうがこそこそ隠れてる
ＩＱを信じて端した金を貸し

第六章

借りた金は返さねば

借金を忘れられない胃の疼き

家計簿にローンの利子の憎々し

麻雀の負け残業を買って出る

借りは返さねばと当座には思い
サラ金のティッシュ涙を拭くがよい
着たっきりスズメその上月賦にて

橋の町橋を渡ってつけの店

自己破産浮世の義理よさようなら

猫のいる屋根にローンがまだ残り

ローン完済背筋もしゃんと伸びてくる
首回す体操金は回るもの
解決のあとで大きな請求書

青い息吐ければ金が借りやすい

始めから返す気のないものも借り

蛙の顔してお金を借りに来る

寸借の自転車明日は明日の風

逃げ口を塞ぎ女将の請求書

母に借りたものは生涯返せない

第七章

金はなくてもともと

千円札で晴れ一日を切り抜ける

妻にする人と歩いて素寒貧

たこ焼きに並ぶ男は話し好き

餓死率が一番高い文学者
財布裏返して恵むものがない
月給が毎月少しずつ足りぬ

病老死遺書の話は盛り上がり

新札を使うと財布あとがない

本にない知恵でどうやら食べている

本当にないときないと言えぬ金
当たっても何もくれないくじを引き
豪邸のチラシの上で爪を切り

先輩として切りのいい額を出し

銭いらず一日雪に囲われて

ない金に正座をしてもしなくても

金のことは父にいっても始まらぬ
韻文で一度も飯にありつけず
もう一人の私もやはり金がない

古本を売る身を証す保険証

詐欺まがいない金にある振りをする

ロッカーに金目のものは何もない

けちくさい詩は広告の裏に書き
ある振りを聞いても何を今更に
手術から逆算をして金おろす

小鼻かゆくなっても金に縁がない

肝心なものがない顔だけ揃い

金がない時も明るい話する

座ってるだけでは銭も飛んで来ぬ

五円玉の穴から覗く腐れ縁

出せと言われてもないものまで出せぬ

第八章

お金大好き

暗算で分かる財布の中のもの

好物の金銀もある周期表

人を遇するには礼と札びらと

千に三つこころ浮き立つ宝くじ

万札がいないと寂しがる財布

何がしか保険がおりる診断書

小躍りをして金拾う影法師

へそくりの壺は死ぬまで触れさせぬ

銭抜きの話に笑う女たち

最高は叔父に貰ったお小遣い

金塊よ君は人集めがうまい

尻取りの金で始まり金で閉じ

見舞いよし退院祝いさらによし

金という字はよく見える検眼器

カネタノムシヌ電文は簡潔に

カード身にまとう男の美意識よ
清貧と言われその気になりにくい
ブランドのマフラー値札剥がさずに

オーケーもお金もマルですませてる

皮製の手帳に金のこと記す

もう少し酔えば財産みなあげる

第九章

お上の金

年金の目減りを示す砂時計

税関へぼろトランクを蹴りながら

補助金も三日貰うとやめられぬ

稿料の税の還付へ春の嘘

年金はつかず貯金は底をつき

消費税五円律儀に差し引かれ

一糸まとわずに入湯税払う

年金の先行きにある胸騒ぎ

見舞いには日本銀行券がよし

相続からでも介護からでも取り立てる
税還付喜んでいるお人好し
納付書の文字も数字も頭が高い

第十章　金が金を生む

利子だけは払って元が返せない

上様を誰にしようか領収書

利子つかぬ金に不義理を重ねてる

億の金世界が違う二面記事

くしゃみでもすれば吹き飛びそうな利子

娘の名で月々積んでおく未来

アデランスの株価を時に眺めてる

金の生る木は呼び名から耳によい

おごるのもおごるが金も借りにくる

生まれたら保険会社の名も調べ

親に借りた金も借りだと利子をつけ

忍び笑いして税金のつかぬ金

第十一章

小銭の意地

十円をさぐって自動販売機

検問でピーピーと鳴る小銭入れ

ペニーセントエゴが犇めく小銭入れ

然るのち小銭ばかりが手に残り
勝負師の手つきで小銭つまみ出す
追いかけて来た釣銭のあたたかみ

炎天下一円玉は見送ろう

諸手当に労使姑息な知恵を出し

指で丸金の額では知れている

年金を削る声して青ざめる

銭の穴紐を通せば猫じゃらし

買い物ブギ小銭何がしかを残し

たまったらユニセフへ行くドネーション
（ドネーション＝寄付）

庭のある幸せに向け貯めている

犬愛す餌代という小銭あり

第十二章　金のバランス感覚

恵存と書かねば自分史は売れぬ

シコシコと鳴る稿料の出ぬマス目

入院費数え慣れてる会計機

恩は恩寄付の記帳は横並び

売れぬ本がどさりと届く着払い

浄財に限ればろくに集まらず

財布がよしと言うまでねばるバイキング

貧しき出貧しき故の金ばなれ

禁煙で浮かした分を甘いもの

金出してでもひとりでに眠れる夜
おにぎりをつけて会費を少し上げ
割り勘が嫌ならここで別れよう

３６０は円のもじりかドルレート

同じ酒飲んでた友が先に逝き

足らず前出世頭が持たされる

いのちの値手術費プラス入院費
商才を試す値引きに乗せられる
五万円の個室の下ぞ四人部屋

ご芳志のページは念を入れて読む

ご祝儀の相場こっそり聞き回り

汗をして稼ぐを中の上とする

投げ銭が来ないと手品手抜きする

偽札もジョーカーも見て見ない振り

百円くれればもう少し寝かせよう

第十三章　愛にもお金

朝市で買えないものを妻に買い

愛の話と銭の話は噛み合わぬ

散骨の費用を聞いてから迷い

Tシャツを揃えお願いする募金

日持ちする花を選んで見抜かれる

ダイコンを買うにもついていく夫

妻の小遣いは聞かない振りをする

ユニセフに身幅と思う額送る

愛の昂ぶるときには金を忘れてる

同情も優越感も募金箱

年金の権利がついている命

花一本亡父より削り叔父の墓

貢ぎ物で恋の清算市が立つ

妻だけに頼るほかなき軍資金

慰謝料はこちらが貰いたい別れ

福の神ばかりはいない屋根の下

判決に情も名誉も円表示

お年玉あえてコメントしない子ら

失恋をしてからたまり出すお金

ひげのある大学生にお年玉

顔見せぬ孫にはやらぬお年玉

第十四章

人は寿命金は値打ち

人間を試す静かな銭の音

S席に座ると変わるアクセント

飲んだだけ金をとられる冷蔵庫

水を飲む人から金は取りにくい
生きがいをさがす貯金を下げてくる
入院費死んだら金の使い損

銀行で呼ばれる耳が遠くなり

来年も生きる手帳を買い換える

ひーふーみー家族手当は風に消え

人生の折り目退職金がつけ
定年へ向けて休まず働かず
古本の処分のほかに遺書はなし

貰いもののタオルが溜まる余命表

人減らすプランで人に墨を引く

男子一生こんな家かと泣けてくる

動物園ヒトだけ金に飼われてる

賢者からうまくて安いもの届く

棺の隅十円玉を追い銭に

競り市へときには並べたい命

有り金を叩けば見えてくるあの世

墓の順銀行並びなどいかが

第十五章　使えない金

兄弟の思惑にある遺留分

回復期うずうず金が使いたし

金冷えか時雨の冷えか腹ぐずる

遊び心にあんまり金はかけられぬ
レム睡眠の中で聞こえる銭の音
無駄使いするなと札の髭が言う

年の瀬に金の話は止めておく

失せ物は手帳と財布駆け落ちか

億の金手抜きのできるプロジェクト

記念硬貨とろけるほどに見つめられ

金のいる話になると首を撫で

猟犬の目となり朝のチラシ読む

金包む指暗算のうまい指

いい夢をちょっぴり詐欺師見せてくれ

どっと値を崩し現ナマには勝てず

ブランドは偽と見抜いていた空き巣

豪邸も野良猫からは無視される

カード組む手付けが透けるＪＲ

第十六章

臆病な金

ヒント通じない金にも理性あり

病室に財布を隠すとこがない

金持ちのけちが十倍許せない

相場欄読むともなしに眺めてる

保釈金天気は金に代えられぬ

マスクして金の話は先送り

買い置きの祝儀袋は小さめを

金持ちは語らずヨーロッパは静か

忘年会質より量のなべにする

割引も五割を越すと疑われ
ゆとりとも言える金貨の隠し場所
万札が羽づくろいする銀座裏

母の小銭くすねた罪は償えぬ

少年に万引歴がのしかかる

けちんぼがリンゴを十に切ってくる

タバコ吸いに来ては月給貰ってる
銀行の釣りは数えぬましまう
明日があるなどと歌って金借りる

第十七章　金のあと味

それとなく懐のぞくアンケート

友達に財布の底も見せておく

まじまじと見る病院の請求書

癌に値をつけて売ってる癌保険
入院費感謝の念を新札に
贋札を一度は夢で刷っている

ピン札に口づけをしてさようなら

石になる覚悟で買った分譲地

有望な株なら君が買い給え

割り勘になれば個性を発揮する

先生と呼ばれて金を出し損ね

金まとう女が匂う池袋

電車賃残し今宵はパラダイス

通帳を見せ合うときにゆるむ頬

感激もなくボーナスが振り込まれ

死に金と言われおのれの舌肥やす

メール便で届く財布の拾い物

酒が入るとやたらに恵む癖がある

任せれば留守に上寿司とっている

笑うたび酒を一本追加する

口寂しい犬だな靴をくわえてる

落とし主発見礼を値踏みする

銀行で自分の金に返事する

銀行の一筋裏にある質屋

素寒貧と畳のへりも知っている

赤紙を貼られたままで泳がされ

手術あとうずく年金減る話

第十八章　何でも入るがま口

年金が四季をひと月置きにする

金の出る話を交わし空を見る

給料日までにも髪は伸びてくる

足二本靴は十足持っている
ピン札を崩せば足の早いこと
窮屈な財布だ札は二つ折り

待てと言わねばボーナスが走り出す

水着から八つに折った札を出し

主治医から聞いてなかった入院費

パレードへスポンサーつき小旗振る

会員を皮算用で倍にする

五円玉どうぞご縁があるように

タネ銭は使い古しのがま口に

金拝むためなら暗いうちに起き

私の音だお金のない音だ

金貸したあとにはうんもすんもなし …… 59
金貸したほうがこそこそ隠れてる …… 62
金がない時も明るい話する …… 85
金繰りに日の短さと日の長さ …… 37
金出してでもひとりでに眠れる夜 …… 128
カネタノムシヌ電文は簡潔に …… 95
金包む指暗算のうまい指 …… 161
金という字はよく見える検眼器 …… 95
金なきを首なき如くのしられ …… 17
金の行くほうに答もついてくる …… 15
金のいる話大人の顔になり …… 49
金のいる話になると首を撫で …… 160
金のことは父にいっても始まらぬ …… 82
金の字のいつに変わらぬ鏡文字 …… 18
金の出る話を交わし空を見る …… 189
金の生る木は呼び名から耳によい …… 111
金冷えか時雨の冷えか腹ぐずる …… 157
金まとう女が匂う池袋 …… 180
金持ちのけちが十倍許せない …… 167
金持ちは語らずヨーロッパは静か …… 169

キ

神様に釣りを貰ったことがない …… 29
神棚も仏壇もない初任給 …… 28
神ひとり貧しい屋根を気にかけず …… 30
借りは返さねばと当座には思い …… 68
皮製の手帳に金のこと記す …… 97
換気扇つければ走りそうな家 …… 51
感激もなくボーナスが振り込まれ …… 181
肝心なものがない顔だけ揃い …… 85
癌に値をつけて売ってる癌保険 …… 178
棺の隅十円玉を追い銭に …… 152
着たっきりスズメその上月賦にて …… 68
記念硬貨とろけるほどに見つめられ …… 160
気ばたらきそれを貧乏性という …… 20
窮屈な財布だ札は二つ折り …… 190
給料日までにも髪は伸びてくる …… 189
給料を貰うと速くなる月日 …… 43
教科書を塗っても父は戻らない …… 48
兄弟の思惑にある遺留分 …… 157
禁煙で浮かした分を甘いもの …… 127
金塊よ君は人集めがうまい …… 94

銀行で自分の金に返事する……184
銀行で呼ばれる耳が遠くなり……149
銀行の釣りは数えぬまましまう……172
銀行の一筋裏にある質屋……184
金脈に指を銜えたことはない……21

ク

くしゃみでもすれば吹き飛びそうな利子……110
口寂しい犬だな靴をくわえてる……183
首回す体操金は回るもの……70

ケ

恵存と書かねば自分史は売れぬ……125
けちくさい詩は広告の裏に書き……84
ケチという哲学を聞くだけは聞く……19
けちんぼがリンゴを十に切ってくる……171
月給が毎月少しずつ足りぬ……78
決算が済むと繰越金で飲み……41
賢者からうまくて安いもの届く……152
検問でピーピーと鳴る小銭入れ……117

コ

豪邸のチラシの上で爪を切り……80
豪邸も野良猫からは無視される……162
好物の金銀もある周期表……91
強欲な財布を人の皮で編む……22
稿料の税の還付へ春の嘘……102
五円玉どうぞご縁があるように……192
五円玉の穴から覗く腐れ縁……86
小躍りをして金拾う影法師……93
ご祝儀の相場こっそり聞き回り……131
小銭の穴から吹き抜ける風の音……40
小鼻かゆくなっても金に縁がない……85
ご芳志のページは念を入れて読む……131
五万円の個室の下ぞ四人部屋……130
米の払いよりも月謝の茶封筒……48
五欲には何れも金の後ろ盾……20

サ

最高は叔父に貰ったお小遣い……94
賽銭に百倍ほどの願をかけ……28
財布裏返して恵むものがない……78
財布がよしと言うまでねばるバイキング……127
財布には見えない紐がついている……17
詐欺まがいない金にある振りをする……83
酒が入るとやたらに恵む癖がある……182
差別して片や競馬屋競輪屋……61
サラ金のティッシュ涙を拭くがよい……68

シ

散骨の費用を聞いてから迷い……137
三畳に母子四人の息遣い……49
360は円のもじりかドルレート……129
然るのち小銭ばかりが手に残り……118
シコシコと鳴る稿料の出ぬマス目……125
自己破産浮世の義理よさようなら……69
失恋をしてからたまり出すお金……143
死に金と言われおのれの舌肥やす……182
忍び笑いして税金のつかぬ金……112
しめしめしめ向こうから来る銭の神……29
借金の弁清聴に値する……62
借金を忘れられない胃の疼き……67
十円をさぐって自動販売機……117
十五から自前で保険掛けた自負……52
主治医から聞いてなかった入院費……191
手術あとうずく年金減る話……185
手術から逆算をして金おろす……84
浄財に限ればろくに集まらず……126
商才を試す値引きに乗せられる……130
少年に万引歴がのしかかる……171
消費税五円律儀に差し引かれ……102
勝負師の手つきで小銭つまみ出す……118
諸手当に労使姑息な知恵を出し……119
尻取りの金で始まり金で閉じ……94
新札の表も裏も記憶する……19
診察は五分お布施と割り切って……31
新札を使うと財布あとがない……79
人生の折り目退職金がつけ……150
死んだふりしてても貸しは諦めぬ……59
すうどんと決めて八月十五日……54

ス

素寒貧と畳のへりも知っている……185
座ってるだけでは銭も飛んで来ぬ……86
寸借の自転車明日は明日の風……72

セ

税還付喜んでいるお人好し……104
税関へぼろトランクを蹴りながら……101
税金をかけると神も横を向き……32
清貧と言われその気になりにくい……96
銭いらず一日雪に囲われて……81
銭がない弁天様と母の洒落……31
銭その他拾う命の曲がり角……43

銭抜きの話に笑う女たち……93
銭の穴紐を通せば猫じゃらし……120
銭恥じず心の縮むのを恥じる……19
銭を読むときにも使うトイレット……41
競り市へときには並べたい命……153
ゼロ金利持たざる者は強かった……21
千円札で晴れ一日を切り抜ける……77
戦死公報母は明日の米に泣く……47
先生と呼ばれて金を出し損ね……180
千に三つこころ浮き立つ宝くじ……92
先輩として切りのいい額を出し……81

ソ

相続からでも介護からでも取り立てる……104
相場欄読むともなしに眺めてる……168
空耳にしてもうれしい銭の音……16
それとなく懐のぞくアンケート……177

タ

ダイコンを買うにもついていく夫……138
タイムイズマネー　タイムはもて余し……39
たこ焼きに並ぶ男は話し好き……77
出せと言われてもないものまで出せぬ……86
タネ銭は使い古しのがま口に……193
タバコ吸いに来ては月給貰ってる……172
たまったらユニセフへ行くドネーション……121
足らず前出世頭が持たされる……129
断固たる決意で金を突き返す……22
男子一生こんな家かと泣けてくる……151
単身赴任してると虹も痩せてくる……40

ツ

通帳を見せ合うときにゆるむ頬……181
妻だけに頼るほかなき軍資金……141
妻にする人と歩いて素寒貧……77
妻の小遣いは聞かない振りをする……139
Tシャツを揃えお願いする募金……138

テ

定年へ向けて休まず働かず……150
テーブルの下で楽しむ悪だくみ……18
手屏風の中で詰め食った日よ……48
天下を論じ国家を論じ金が欲し……20
電車賃残し今宵はパラダイス……181

ト

同情も優越感も募金箱……140
動物園ヒトだけ金に飼われてる……152
年の瀬に金の話は止めておく……159
どっと値を崩し現ナマには勝てず……161

ナ

友達に財布の底も見せておく……177
取れないと思い取れない金を貸し……59
ない金に正座をしてもしなくても……81
ないようで少しはあった金の蔓……37
投げ銭が来ないと手品手抜きする……132
何がしか保険がおりる診断書……92

ニ

逃げ口を塞ぎ女将の請求書……72
二十四時間寝不足にする円とドル……38
偽札もジョーカーも見て見ない振り……132
贋札を一度は夢で刷っている……178
入院費数え慣れてる会計機……125
入院費感謝の念を新札に……178
入院費死んだら金の使い損……148
入金の時刻をまめに聞いている……43
二礼二拍手一礼小銭ありません……27
庭付き庭付きと日ごと呪文を唱えてる……42
庭のある幸せに向け貯めている……121
人間と並んで歩く銭の音……15
人間に金貸す組と借りる組……61
人間を試す静かな銭の音……147

ネ

猫のいる屋根にローンがまだ残り……69
値を聞けば食べたくもない宇宙食……42
年金が四季をひと月置きにする……189
年金の権利がついている命……140
年金の先行きにある胸騒ぎ……103
年金の目減りを示す砂時計……101
年金はつかず貯金は底をつき……102
年金を削る声して青ざめる……120

ノ

納付書の文字も数字も頭が高い……104
のど仏逆さに撫でて墓値切る……31
飲んだだけ金をとられる冷蔵庫……147

ハ

拝観料払えば略すお賽銭……32
墓の順銀行並びなどいかが……153
橋の町橋を渡ってつけの店……69
始めから返す気のないものも借り……71
花一本亡父より削り叔父の墓……140
鼻緒切れたら裸足で雪の通学路……50
母に借りたものは生涯返せない……72
母に振り込まれた父のいのち代……47
母の小銭くすねた罪は償えぬ……171

バラックはバラック大工値切っても …… 51
パレードへスポンサーつき小旗振る …… 192
判決に情も名誉も円表示 …… 142
半世紀過去はギーギーつるべ井戸 …… 54

ヒ

ひーふーみー家族手当は風に消え …… 149
ひげのある大学生にお年玉 …… 143
一寝入りしても貧乏神がいる …… 29
人の顔よりはやさしい金の顔 …… 16
人減らすプランで人に墨を引く …… 151
人を遇するには礼と札びらと …… 91
ビフテキと叫ぶ貧しき習い性 …… 52
日持ちする花を選んで見抜かれる …… 138
百円くれればもう少し寝かせよう …… 132
病室に財布を隠すとこがない …… 167
病老死遺書の話は盛り上がり …… 79
ピン札に口づけをしてさようなら …… 179
ピン札を崩せば足の早いこと …… 190
ヒント通じない金にも理性あり …… 167
貧乏を丸だしにして祭り好き …… 54

フ

福の神ばかりはいない屋根の下 …… 142
仏教伝来お布施をのちの世に伝え …… 32
ふところに説得されている面子 …… 16
ふところを笑えばふところも笑う …… 22
ブランドのマフラー値札剥がさずに …… 96
ブランドは偽と見抜いていた空き巣 …… 162
古本の処分のほかに遺書はなし …… 150
古本を売る身を証す保険証 …… 83
文学の向こうに長い飢餓がある …… 17

ヘ

へそくりの壺は死ぬまで触れさせぬ …… 93
ペニーセントエゴが犇めく小銭入れ …… 117

ホ

忘年会質より量のなべにする …… 169
保釈金天気は金に代えられぬ …… 168
補助金も三日貰うとやめられぬ …… 101
ボロ傘にボロ靴怖いものはない …… 53
本代に困って本を売りに行く …… 53
本当にないときないと言えぬ金 …… 80
本にない知恵でどうやら食べている …… 79

マ

麻雀の負け残業を買って出る …… 67
前へ前へ銭の音には振り向かぬ …… 40
任せれば留守に上寿司とっている …… 183

まじまじと見る病院の請求書……177
マスクして金の話は先送り……168
貧しき出貧しき故の金ばなれ……127
真っ先に祈るお金のいる願い……28
待てと言わねばボーナスが走り出す……191
万札がいないと寂しがる財布……92
万札が羽づくろいする銀座裏……170

ミ

水着から八つに折った札を出し……191
水を飲む人から金は取りにくい……148
貢ぎ物で恋の清算市が立つ……141
見舞いには日本銀行券がよし……103
見舞いよし退院祝いさらによし……95

ム

娘の名で月々積んでおく未来……110
無駄使いするなと札の髭が言う……158

メ

メール便で届く財布の拾い物……182

モ

もう少し酔えば財産みなあげる……97
もう一人の私もやはり金がない……82
黙祷の間にバッグ盗まれる……30
貰いもののタオルが溜まる余命表……151

ユ

有望な株なら君が買い給え……179
ゆとりとも言える金貨の隠し場所……170
ユニセフに身幅と思う額送る……139
指切りをしたバッカスに夜ごと会う……42
指で丸金の額では知れている……119

ヨ

預金少々頂くペラのカレンダー……38
欲と道連れは楽しい銭洗い……27
世に出ては貧しい過去もつぶやいて……52

ラ

来年も生きる手帳を買い換える……149

リ

利子だけは払って元が返せない……109
利子つかぬ金に不義理を重ねてる……109
猟犬の目となり朝のチラシ読む……160

レ

レム睡眠の中で聞こえる銭の音……158

ロ

老後うろうろいくばくか金持たされて……39
ローン完済背筋もしゃんと伸びてくる……70
ロッカーに金目のものは何もない……83

ワ

私の音だお金のない音だ……193
笑うたび酒を一本追加する……183
割り勘が嫌ならここで別れよう……128
割り勘になれば個性を発揮する……180
割引も五割を越すと疑われ……170

■今川乱魚編著・監修

『乱魚川柳句文集』（嵩　書　房／'95年）
『川柳贈る言葉』（新葉館出版／'97年）
『川柳ほほ笑み返し』（新葉館出版／'02年）
『ユーモア川柳乱魚句集』（新葉館出版／'02年）
『癌と闘う―ユーモア川柳乱魚句集』（新葉館出版／'03年）
『科学大好き―ユーモア川柳乱魚選集』科学編（新葉館出版／'04年）
〃　技術編（新葉館出版／'04年）
〃　生活編（新葉館出版／'05年）
『三分間で詠んだ―ユーモア川柳乱魚選集』（新葉館出版／'05年）
『ヨン様川柳』（グラフ社／'05年）

あとがきにかえて

少年時代のお金の体験から

昨年（二〇〇五）十一月、『癌と闘う――ユーモア川柳乱魚句集』で日本現代詩歌文学館長賞を頂いた折に、篠弘館長から川柳も「テーマ意識をもった句集を」というアドバイスを頂いた。私もご意見には大賛成であり、記憶に濃い自分の少年時代の貧乏体験などを『銭の音』というタイトルのもとに句集とすることにした。

およそ人間の行動には、生老病死、愛別離苦、寝食、出会い、遊び、通勤など、あらゆることにお金が影のようについて回る。お金の使い方には人間の全人格が反映されると言っても過言ではないであろう。このことはお金の川柳を見れば、その人間が分かるということでもある。

この句集では、自分自身のお金の体験と、お金にまつわる人間の有り様をいろいろ取り上げてみた。全体を三百六十句に整理したが、まだまだ言い足りないことがある。いつか機会があれば、多くの人といっしょにもっと幅広い『銭の音―合同川柳句集』、つまりお金を通したさまざまな人間模様の句集を作りたいという願望も持っている。

句集には、お金に造詣の深い専門の方の序文がぜひ欲しいと思った。そこで、私の『癌と闘う』句集をお送りし、ご著書『がん六回　人生全快』―現役バンカー十六年の闘病記、を頂いたことのある、元みずほ信託銀行副社長、現在日本インベスター・ソリューション・アンド・テクノロジー株式会社代表取締役社長の関原健夫さんに電話をお掛けした。私は癌で四回開腹手術を受け胃も胆嚢も全摘されているが、癌で六年間に六回開腹、開胸手術を受けておられる関原さんは癌闘病の先輩である。今回の序文は癌のご縁でもある。執筆は一度お会いしてから、という話となり横浜のランドマークタワー二十二階にある関原さんの事務所をお訪ねした。唐突なお願いではあったが、幸運にも執筆のご承諾を頂き、しかも十日ほどの短時日のうちに原稿をメールでお送り頂いた。親しみを込めて書いて頂いたこの序文によって、句集には「お金」についての太い筋を通すことができたものと、関原さんのご厚意に深く感謝している。

いま私はそう貧しくもないし、かといって金持ちでもない。ごく普通のサラリーマンである。しかし、少年時代を振り返ると、それはひどい貧乏であった。戦争中と敗戦後の何年かは日本中が総貧乏であったが、戦地から父親が復員した家ではだんだん立ち直り、田舎に疎開してきていた人々も次第に都会へと帰っていった。

しかし、父が戦死した我が家は、母と小学生の坊主三人で食うや食わずの暮らしが続いた。昭和十九年七月に、忌まわしい十五年戦争で二度目の召集を受けた父は、長野の第五十部隊から戦地フィリピンに向かった。八月十八日レイテ沖で「醜敵」アメリカ潜水艦の魚雷によって海の藻屑と化した父については、当時の部隊長から「海洋作戦の性質上御遺骨は還らず、何らの御遺品もお届け致し得ざる次第」という通知があったのみである。出征当時金沢にいた母子四人は、父への最後の見送りをすることすらできない哀れな別れであった。

父の戦死から一家の貧乏物語が始まる。一時期は生活保護も頂いていた。このことを文章で書き出したら切りがない。貧乏の句は第四章「貧しき原風景」ほか各章に配してある。このときから私は「戦争憎し」を忘れたことがない。遺骨も遺品もない父の魂が靖国神社にあるはずもないので、同社には参拝しない。拙句旧作には「戦争を憎むあまりの諸ぎらい」がある。

私はいま過去の貧乏体験をそう恨んではいない。モンテーニュの『随想録』に「財産の貧乏を治すことはやさしいが、精神の貧乏を治すことはできない」という戒めがある。日本にも「若いうちの貧乏は買ってでもせよ」という俗諺がある。人間形成のためには、貧乏はそれに打ちひしがれなければ、忍耐や他への思いやりといった美徳を学ばせる恰好の体験となるからであろう。私自身は成人してからお金への執心もあまりないし、なくて困ったこともない。得たお金の範囲でやりくりすればよいと思っている。少年時代にお金とはそういうものだと達観できたお陰である。こうした金銭感覚は恐らく死ぬまで持ち続けることであろう。

ところで川柳は人間の喜怒哀楽を口語で詠む五七五の短詩である。当然人間とお金の関係が詠まれることも多いし、そのための最適の文芸である。江戸時代の『誹風柳多留』にも「百両をほどけば人をしざらせる」(初編)や「是(これ)小判たった一晩居てくれろ」(初編)など、また現代川柳でも「ためる金たまった金にたまる金」(矢野錦浪)、「金を増やすことで男と女逢う」（森中惠美子）、「金持ちの子を母親は寄せつけず」（大野風柳）など枚挙にいとまのないほどお金を詠んだ句がある。

身近な『いろはかるた』にも「猫に小判」（上方いろは）、「安物買いの銭失ひ」「貧乏暇なし」（江戸いろは）など人口に膾炙しているものがある。要は、「お金」は人間にとって最も身近な財であるということなのである。

私自身は真実を詠むユーモア句が好きであるから、既存の句集のように本書にもできるだけユーモアの視点から詠んだ句を多く採用しようと思ったが、テーマの性格上そうとばかりは言っていられなくなり、悲しい句も、怒りの句も採らざるを得なかった。また本書では、まず句を十七の章に分類した。ここに分けにくい「その他」にあたる作品は最後の第十八章「何でも入るがま口」に放り込んだ。

漫画家西田淑子さんには、表紙漫画といくつものカットで本書を楽しいものにして頂いた。西田さんは慶應義塾大学文学部卒業、コネチカット・インスティテュート・オブ・アート卒業、日本漫画家協会会員、ＦＥＣＯ（世界漫画家連盟）会員であり、二〇〇五年フランスで開催された世界漫画家会議にも招待されている国際派漫画家である。

過去十五年の句報やインターネットのホームページから私のお金の句を選び出す根のいる作業は太田紀伊子（つくばね川柳会会長）さんに、また句の並べ替えや入力・編集の作業は竹田麻衣子（新葉館）さんにお願いした。ここに記して謝意を表する。

最後に、妻はまだリンパ節に癌を抱えている私の健康監視人であるとともに、最大の川柳理解者であり、また本書の軍資金の拠出者でもある。いまミセス今川への感謝のつもりで「妻よ」という川柳日記を「川柳つくばね」誌に毎月連載しているが、これを本にするには多分厳しい検閲をクリアしなければならないことであろうと覚悟している。

皆さんのお陰でこの本ができたことを一番喜んでいるのはこの私である。ほんとうにありがとうございました。

二〇〇六年（平成十八年）三月十日

今川　乱魚

【著者略歴】

今川乱魚（いまがわ・らんぎょ）

1935年東京生まれ。本名充。早大法卒。

大阪で川柳を始める。999番傘川柳会会長。東葛川柳会最高顧問。東京みなと番傘川柳会元会長、番傘川柳本社幹事。(社)全日本川柳協会会長。日本川柳ペンクラブ常任理事。川柳人協会顧問。北國新聞、リハビリテーション川柳欄、川柳マガジン「笑いのある川柳」選者。千葉、東京で川柳講座講師。

第3回日本現代詩歌文学館館長賞、第9回川柳・大雄賞、第40回川柳文化賞受賞。

著書に『乱魚川柳句文集』、『ユーモア川柳乱魚句集』『癌と闘う―ユーモア川柳乱魚句集』。編著に『川柳贈る言葉』、『川柳ほほ笑み返し』、『科学大好き―ユーモア川柳乱魚選集』科学編・技術編・生活編、『三分間で詠んだ―ユーモア川柳乱魚選集』ほか。

(財)世界経済情報サービス勤務。

住　所：千葉県柏市逆井1167-4（〒277-0042）
E-mail：rangyo@mug.biglobe.ne.jp
URL：http://www2u.biglobe.ne.jp/~rangyo/

銭の音―ユーモア川柳乱魚句集

○

平成18(2006)年4月25日　初版

編著
今川　乱魚

発行人
松岡　恭子

発行所
新葉館出版
大阪市東成区玉津1丁目9-16 4F 〒537-0023
TEL06-4259-3777 FAX06-4259-3888
http://shinyokan.ne.jp

印刷所
FREE PLAN

○

定価はカバーに表示してあります。

ISBN4-86044-289-X